거인

테레자 시클로바

at|noon *books*

당신이 만약 아주 거대한 거인이라면 어떨까요?
거인의 눈에 이 세상은 어떻게 보일까요?
우리 함께 거인의 하루를 상상해 볼까요?

Original title : Obr
© Tereza Šiklová, 2021 © Baobab, 2021
Korean edition © Atnoonbooks, 2024
All rights reserved.

1장. 결코 서두르지 않는 거인에 대하여

산속 어딘가에서 2년에 한 번씩 거인이 깨어난다는 얘기가 있어요.
거인은 봄의 첫 햇살에 맞춰 깨어나죠.

거인이 하품하는 동안(상상해 보세요. 그 하품이 얼마나 클지를),
태양은 그네가 떠오르듯 높이 떠올라 대지가 초록빛으로 변하기 시작했어요.

긴 잠을 자고 난 뒤 거인은 (마치 인간처럼) 기지개를 켜요.
이제 하루를 시작하며 일을 해야 하거든요.

도대체 무슨 일을 하냐고요?

이건 모닥불 청소 같네요.

거인의 모닥불 주변이 붐비기 시작해요. 여기저기서 관광객들이 모이고 있거든요.
심지어 그들은 벌써 개미처럼 작은 길을 만들었네요!

거인은 그사이 나뭇재로 토양에 거름을 줘요.

여러분은 아마 믿기 힘들 거예요, 거인의 거대한 발걸음이 어디까지 닿을 수 있는지.
거인은 몇 걸음만 걸으면 금세 산에 도착해요. 그야말로 엎어지면 코 닿을 데죠.

산책을 떠나요! 뜨거운 여름날 활짝 켜는 기지개만큼 좋은 건 없죠.

와! 정말 멋진 풍경이에요! 하지만 조심!
당신이 거인이라면, 주의를 기울여야 해요.

아차차…. 얼른 떠나는 것이 좋겠어요.

비가 내리기 시작했고 거인은 배가 고파졌어요. 거인의 배에서 난 소리가 천둥처럼 땅에 울려 퍼졌죠. 그런데 거인은 무얼 먹을까요?

쉿, 그건 비밀이에요!

음식을 먹은 후에(그 음식이 뭐였는지, 아무도 모르지만…!)
거인은 엄청나게 목이 말랐어요.

거인은 호수 물을 마시고 마시고 또 마셨어요….

…한 방울의 물도 남지 않을 때까지 호수 물을 마신 거인은
호수 밑바닥에서 아주 작은 무언가를 발견했어요.

이게 도대체 뭘까요? 거인은 초점이 잘 잡히지 않아 눈을 가늘게 뜨고 힘겹게 바라보았어요.
그리고 그 작은 얼굴에 반해 버렸죠.
하지만 그 작은 존재는 거인이 눈을 한 번 깜빡이는 사이, 사라져 버리고 말았어요.

거인은 문득 외로워졌어요. 그래서 누군가를 만나기 위해 산책을 나섰죠.
가을 들판을 걷던 거인은 마침내 다른 이의 흔적을 발견했어요.

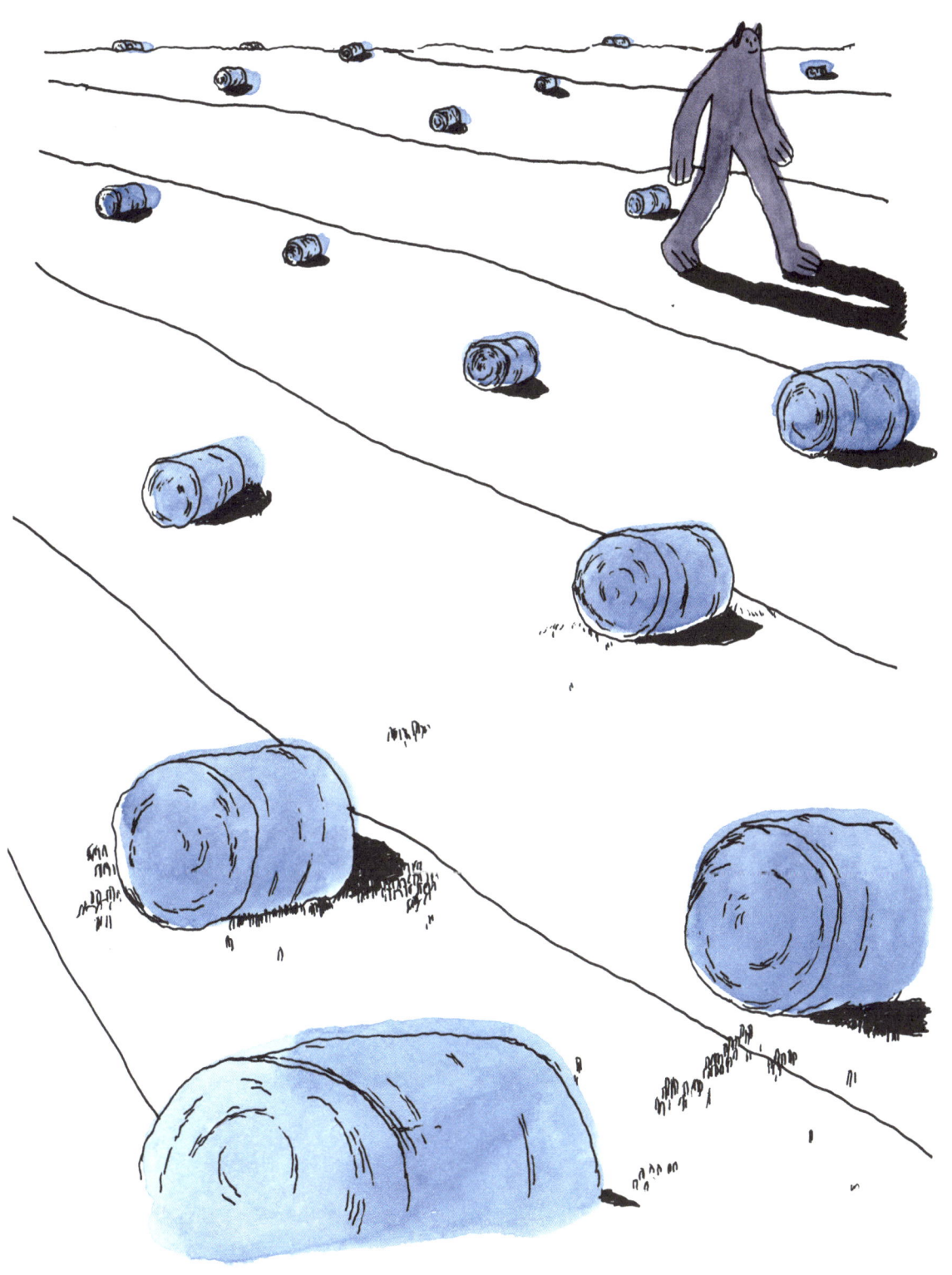

거인은 말했어요. "음, 나 말고도 누군가가 일하고 있군."
태양이 다시 낮아졌고 땅 위의 그림자들은 길어졌어요.

거인이 숲을 거닐 때마다 나무들이 쓰러졌어요.
순간 거인은 좋은 아이디어 하나가 떠올랐죠.

하루를 마무리하는 가장 좋은 방법은 불을 피우는 것이지!

거인의 하루가 저물고 있어요.

어느덧 날씨도 차가워졌고요.

거인은 오늘 겪은 모든 일을 되새겼어요. 너무 걸은 탓에 팔다리의 피로를 느끼면서요.
거인의 눈꺼풀이 서서히 내려앉았어요.

주변 풍경 위로 어둠도 내려앉았죠.

거인은 아직 연기가 피어오르는 불 옆에서 잠들었어요.
거인의 뾰족한 귀 끝에 첫눈이 쌓이기 시작했죠.

2장. 도시로 간 거인

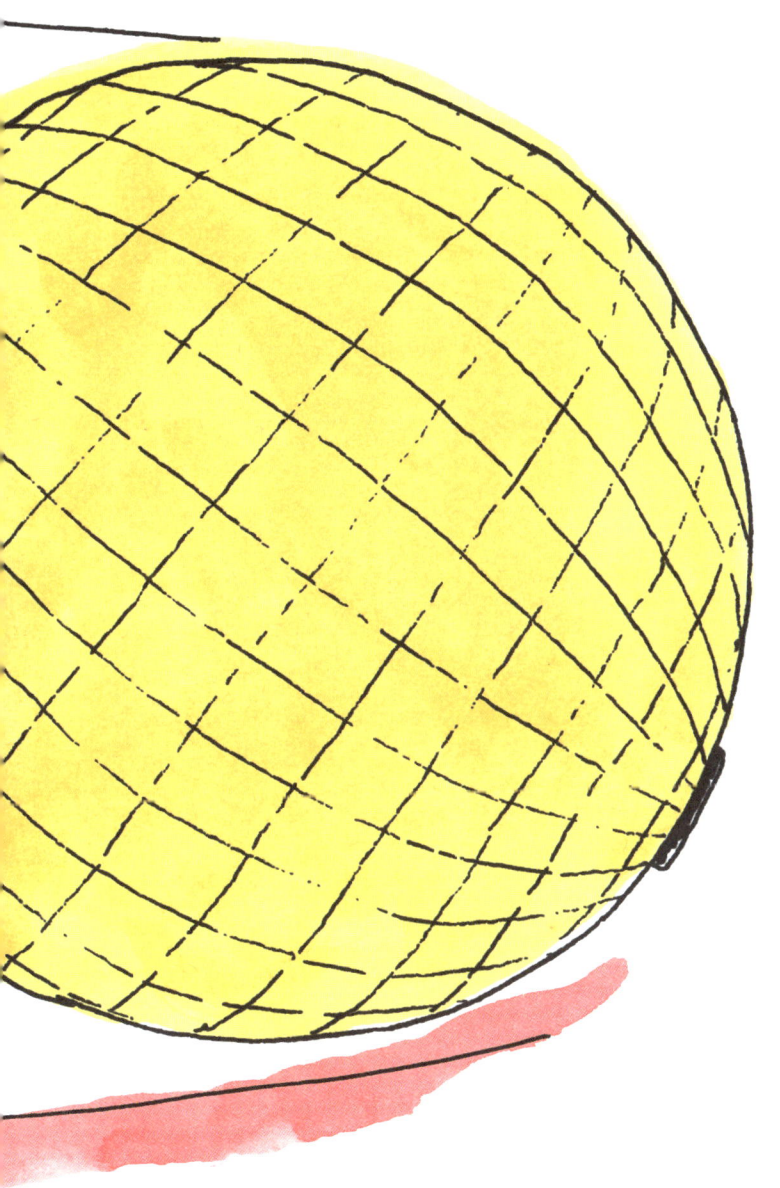

간발의 차이로 아슬아슬했어! 어, 이 구멍 속에 사람들이 많네!
조준을 잘못해서 다행이야. 거인의 걱정과 달리 사실 아무도
그가 온 걸 눈치채지 못했어요. 모두 응원에 빠져 있었거든요.
"휘이이이이익(휘파람 소리)! 삐이이익(호루라기 소리)!"

구덩이 구경은 재미있었어요! 앗, 이제 점심시간이에요.
거인은 두 여자의 대화에 귀 기울였어요.

"이 커피 차에서 커피 마셔 봤어? 우리 커피랑은 비교도 안돼!
아이고, 벌써 시간이…. 아무튼, 난 다시 회사로 가 봐야 해."

"파란불이다! 빨리! 급해!"
"신호 안에 못 건너겠어!"
"안 돼! 내 서류 가방!"
"아! 오늘따라 횡단보도 건너는 게 왜 이렇게 힘들지?"

"누가 내 발을 이렇게 간지럽히는 거야?"
거인이 말했어요.

저기 아래에선 모두가 무언가에 쫓기고 있었거든요.

거인은 바쁜 도시에서 벗어나 느긋이 풍경을 즐기며 집으로 돌아왔답니다.
물론, 집까지 몇 걸음이면 충분했지만요.

오늘 하루 내 자신이 너무 작게 느껴졌나요?
나를 둘러싼 고민과 세상이 너무 크게 느껴졌나요?
거인의 느린 시선으로 세상을 둘러보세요.
모든 것이 너그럽게 느껴질 거예요.

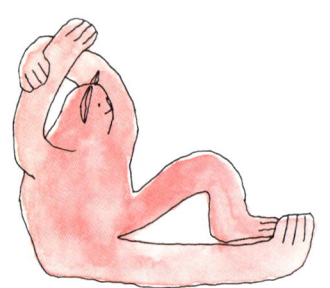

정오의 따사로움과 열정을 담은
책을 만듭니다.

테레자 시클로바 Tereza Šiklová

체코 출신의 일러스트레이터이다. 프라하 UMPRUM(예술, 건축 및 디자인
아카데미)에서 일러스트와 그래픽을 전공하여 석사 학위를 받았다.
첫 그림책 <거인>으로 2023 볼로냐 아동 도서전 올해의 일러스트레이터,
2021 체코에서 가장 아름다운 도서상, 체코 IBBY 섹션 골든 리본상을 수상하였다.

초판 1쇄   인쇄일 2024년 09월 25일
초판 1쇄   발행일 2024년 10월 22일

글·그림	테레자 시클로바	등록	2013년 08월 27일 제 2013-000257호
옮긴이	박효진	주소	서울시 마포구 연남로 30
펴낸이	방준배	홈페이지	www.atnoonbooks.net
편집	정미진	유튜브	atnoonbooks0602
디자인	BBANG	인스타그램	atnoonbooks
교정	엄재은	이메일	atnoonbooks@naver.com
펴낸곳	Atnoonbooks	FAX	0303-3440-8215

ISBN 979-11-88594-32-0 07890
이 책의 글과 그림의 일부 또는 전부를 재사용하려면 반드시 저작권자의 동의를 얻어야 합니다.
© Atnoonbooks, 2024, Printed in Korea.

정가 18,000원

이 책은 체코 문화부와 주한체코문화원의 지원을 받아 제작하였습니다.